まどろむ。

やおら起きだして、軽く身体を動かしながら腰籠をつけ鍬をかついで畑に向う。今日食べる野菜の目星をつけながら少し世話をする。

まだ、夢を見続ける

目次

序

きれいな景色に出会った時に、筆ペン一本で絵がさらさらと描けたら気持ちがよかろうと、本を片手に墨絵の勉強を始めた。なにしろ気持ちがいいこと大好き人間なので。元々絵を描くことが好きだったわけでもなく、画才があるわけでもなく、思ったようにはいかなかった。

子供が生まれた時「この子は神から授かったのではない、預かったのだ。立派な人に育てて、神にかえさなければ。」と考えるような人間なので、心ではなく頭で生きてきた。だから本や新聞で読んだ印象深い文章や、思い浮かんだ文章、短い言葉は、らくがきちょうに書き残してきた。

70歳を超えてしばらくしたある日、『ここからは、覚悟の10年、意地でも5年、できれば3年でも』という短文が思い浮かんだ。言葉どおり、この歳になったらいつ大病を患ってもおかしくない、残りを大切にしようという思いだ。らくがきちょうに筆ペンで書き残し、何を思ったか、その余白に自画像を描いてみた。拙い絵ではあったが自分でもほっこりするような感覚があった。何度見直しても、楽しくなるような絵が描けた。

その頃読んだ椎名誠さんの本の挿絵を描かれた沢野ひとしさんの影響や、犬の散歩ならぬ、最近よく吠え始めた老妻の散歩で行った美術館で観た清水比庵さんの影響があったと思う。

特に清水比庵さんの、歌と書画の世界に感銘をうけた。らくがきちょうに思い浮かんだ短文や俳句と自画像を描き始めた。書道の心得も全くないが、絵にあった書体や配置を考えはじめた。自分なりにほっこり絵と名づけていたので、思い浮かんだ文に思い浮かんだ絵を、ほのぼのとした感じで描くように心がけた。

ココカラハ
覚悟ノ十年
意地デモ五年
2023 12.28 そじん

描き始めの頃

長く生きて、いろんな物が溜まってきたのに、最近は片付けることがおっくうになり、いろんな物が散乱している。年寄りは物を溜め込むとよく言われるが、物がない時代に生まれ、物を大切にする気持ちと、しょうもない物にもいろいろ思い出が詰まっていて、どんどん物が溜まっていく。

今、この国は豊かというよりは、豊かになりすぎた。物だけがあふれているが、一次産業は廃れ、目に見えない物が経済を支えている。公共ののりものに乗れば、誰もが下を向いて、スマホを見ている。正常な光景には思えない。目の前にもボールペンが三本ころがっているが、以前テレビで、山奥で暮らす家族が、子豚を担いで里へ下り、買い物をする、というのがあった。少女はボールペンの替え芯を買ってもらえることで、破顔の笑みだった。物があることで心が痛む。おかしな感覚だ。

一升瓶だけ
かたづけた

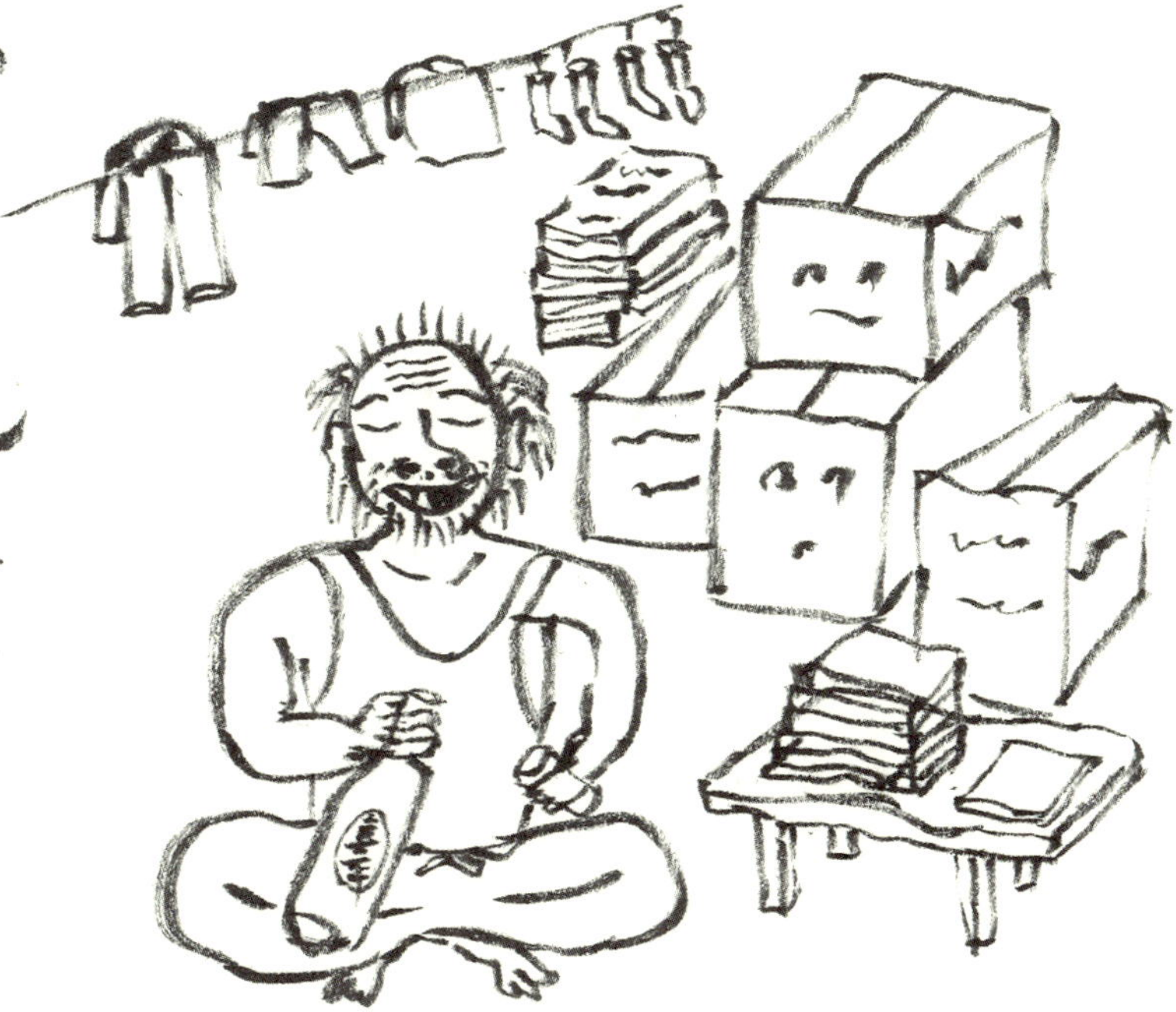

日常
2023.12.1　そじん

きのうの焼肉は
どこへ いった

日常
2023.12.4 そじん

そういえば親爺は自分のものをほとんど持ってなかった。他界した後片づける物がほとんどなかった。まさに衣三枚鉢一つだった。記憶に残っている物は、腕時計、軍隊でもらった勲章、酒を入れる瓢箪くらいだ。家も六畳間に箪笥と母親の鏡台があったくらいで、すっきりしていた。電気製品はほとんどなく、冬は火鉢、夏は団扇、生ごみは庭に穴を掘って埋め、燃えるものは五右衛門風呂を沸かすのに使っていた。糞尿は近所の赤い鼻をしたお百姓さんが肥樽を担いで取りにきてくれた。正に循環型社会だった。

隣近所の人は優しく、平気でお邪魔していた。このくらいの生活でよかったのではと、今は思う。描きはじめの頃は、ボールペン型の筆ペンで絵を描いた。手鏡を見ながら表情をつくり、新聞の写真などから姿勢の勉強をした。ものごとは続けていくうちに、なにかが見えてくるものなので、ひたすら描いた。日常の中で浮かんだ言葉で自分と会話しながらの楽しい時間だった。

としよりの
三種の神器
ひとつはてにいれた

2023.12.7　そじん

亭主がナビの人生は
おもしろくもなし
しかたなし

2023.12.7 そじん

大器晩成トワ
完成シナイモノラシイ
未完ノ大器トナルラシイ
タダノ人トナルラシイ

2023.12.7 そじん

いいヒトに出会い
うまいコーヒーに出会い
いい音に出会い
いい本に出会い

五臓六腑が 会話する

2023.12.8 そじん

長く生きて

年老いてと書くよりは品が良いので、長く生きての章とした。自分で年取ったと感じるのは、風呂へ入って鏡を見たとき、人の名前や漢字が思い出せないとき、そして睡眠だ。鏡に映った自分を見なければよいのに、つい見てしまう。身体の方は胸の筋肉は落ち、あばらは浮き、腹はポコッと出ている。病気があるのか年齢のためかだが、仕方ない。問題は人相で品格がない、いわゆる貧相なのだ。高齢の方でも頭を使って生きてきたと感じさせる人、優しさ、温かさを感じさせる人、迫力のある人生をおくってきたと感じさせる人など、いい顔をした人が多い。自分なりに頑張って生きてきたつもりだが、年上の人にかわいがられなかったし、年下に慕われなかったし、やはり性格に問題があった。友人に「お前は自分の世界で生きている」と言われたことがあったが、それが全てだろう。

酒が好きなので、というよりも酒が必要な身体なので、毎晩呑む。呑めば簡単に脳は麻痺し、呑みながら寝るか、這うように布団にはいる。だが夜明けまで熟

鏡ヲミレバ
貧相デ
ガンバッタ
印ガ
ドコニモナイ

2023.12.26 そじん

老睦

毎夜
倒れるように
寝り
毎朝
這うように
起きてる
夜中に
一度
起きるけど

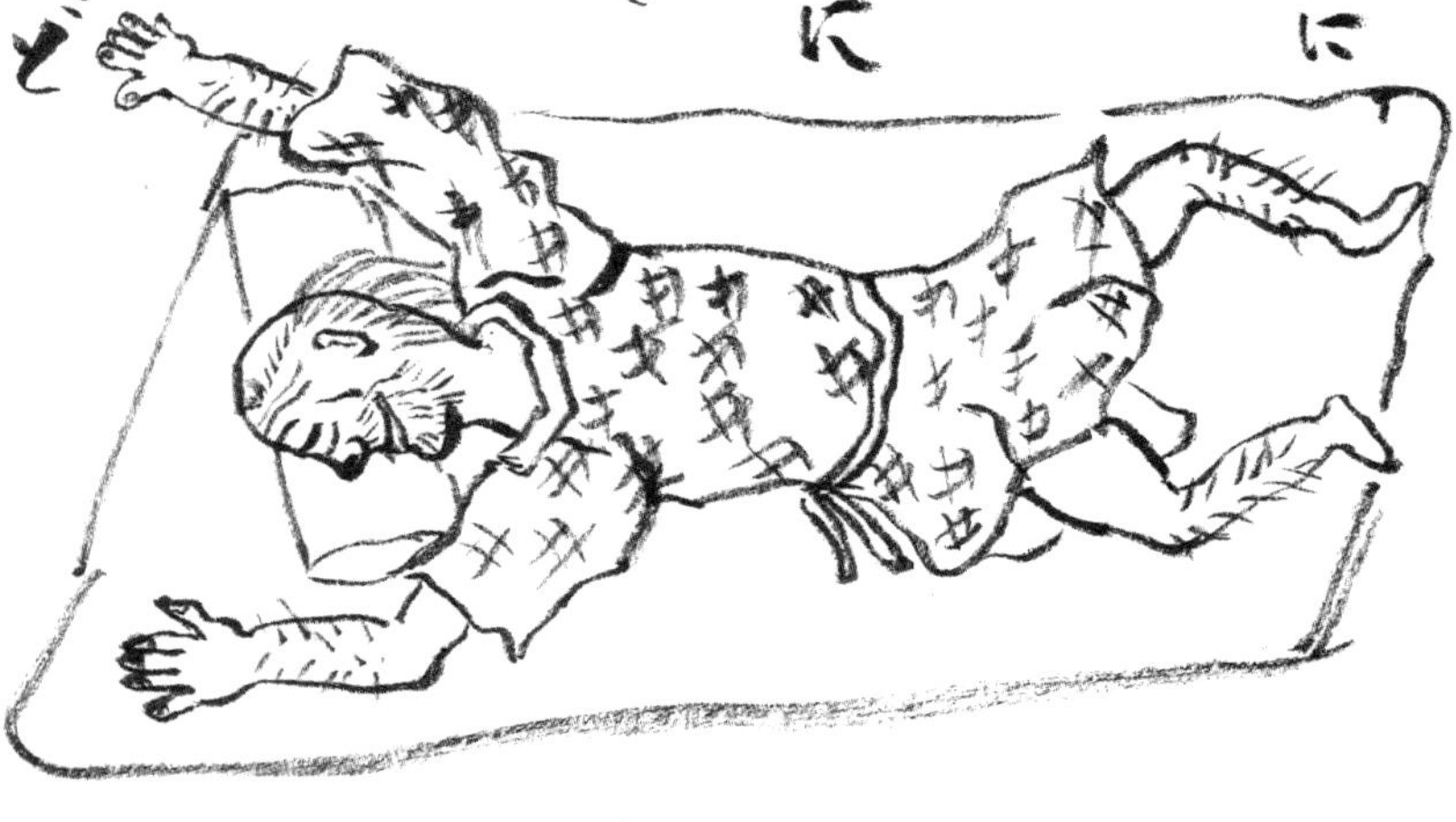

晾
2024.1.17　そじん

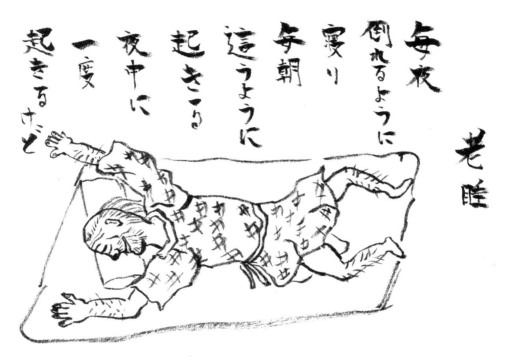

睡することはできなくなった。夜中に目覚めてトイレに行く。なかなか二度寝ができず、かといって身体は疲れているので、起きるわけにもいかない。考えることは、心配事か後悔。人生、楽しいことも嬉しい事もあったし、今後の夢もあるのに。うつらうつらすれば、みるのは悪夢。もう長い間、「あー」と背伸びをするような目覚めをしていない。あの世にいけばずっと眠れると言った友人もいたな。

漫画とどこが違うのかと問われたら答えようがない。短文や詩、俳句と絵それに書の要素も入れたいと此の頃から意識した。絵も文も中字の筆ペンだけ使い基本線の書き方、漢字仮名交じりの書の勉強をした。今から画家のような絵が描けるわけもなく、書家のような習字ができるわけもない。絵はこの路線で精進することとし、書は絵の感覚と自分のセンスを信じてすすんでみよう。人物も無精ひげなし、禿頭の人が増え、服装も作務衣ならぬ柔道着から自然に脱却し始めた。こつこつ歩けば必ず灯りがみえてくる。はずだ。

最近、老妻があんた亡き後とよく言う。確かに残りの時間を意識し始めた。還暦を迎える前後だったと思うが、やたらと畑仕事がしたくなり山深い耕作放棄地を探した。何故山深い耕作放棄地なのかが、私の普通でないところで、少し説明したい。私がおいしい沢庵が食べたいと思ったら自分で作りたい。大根を育てるところから始める。それも普通の畑ではなく耕作放棄地でなければならない。しかも山奥で、神々しい場所で、鍬一本で。私はこれほど複雑な精神の持ち主なのだ。十年かかったが、実際に昨年、沢庵を漬けた。黴びて食べられなかったが。

そういう精神の持ち主がこの数年、本職をもちながら、竹籠職人、お百姓、ギターの弾き語り、陶芸と戦い、しかも昨年からこのほっこり絵が加わった。おいしい沢庵を食べるためにも、もう少し時間が欲しい。

最近感情の起伏が乏しくなった。プチッと怒ることはあるが、はらわたが煮えくり返るほどの怒りはなくなった。声を出して笑ったのは何年前のことだろうか。山に帰りつつあった耕作放棄地を十年位前から地主さんとの口約束で借りて、拓きなおしている。草や笹を刈り百年以上前に築かれた石垣が現れた感動を忘れない。自分が動ける間は守りたいと短い時間だがお百姓をしている。この里に住んでおられた竹籠職人から手ほどきもうけた。独活、牛蒡、蕗、茗荷、馬鈴薯など

大丈夫

少し錆びついただけ

2024.3.30　そじん

真夜中の三重奏
尿意
こむらがえり
悪夢

ねむり
2024.5.11　そじん

勝手に生えてくるものを植えている。勝手に畑と名づけた。春先に枯れ草の間に出てきた蕗の薹を見つけて詠んだ句だ。蕗の畑が広がっていくのをどこまで見届けられるだろうか。

夢がかなうまでは
ボロボロになっても
生きてやる

2024.1.24 そじん

最近
女房が しきりに
アンタ亡きあと
アンタ亡き
あとという

2024.3.1
そじん

ひさびさの
満面の笑み
ふきのとう

2024.3.9　そしん

夢

「男はそうさ、苦労じゃ死なぬ、夢をなくして枯れていく」。北島三郎さんの唄の一節だが、私の人生に影響を与えた。最近は夢と目標が同じような意味合いで使われるが、使い分けたい言葉だと思う。どうでもいいことだが複雑な精神の持ち主なので。

夢は現実的でないもの、生きていくうえで必ずしも必要でないものだが、頭ではなく心が必要とする想いではなかろうか。幻想、妄想に近い。

夢は叶う、叶わなかった、目標は達成出来た、出来なかった。と表現する。夢は持つといい、目標は立てるという。夢を追うときは楽しい、わくわくする。目標に向かうときは苦しむ。

私の場合、還暦前後でだいたいの目標が達成できたと思う。その頃から夢を持つことに代わっていったように思う。癌の免疫療法に興味が沸き大学院にすすんだ。私の人生でいちばん純粋な時期で、ただ勉強がしたかった。実験の結果にわ

夢を追いかけている時が
幸せ
掴みそこねても
落ちこまない

だから目標といわず
夢という

2024.1.23 そじん

くわくするような毎日だった。夢だったから結果が残せなかったのかもしれない。実際は能力が足りなかった。周りには驚くほど頭のいい人が大勢いた。自然農で耕作放棄地を復活させる。これは体力と感覚なのでどうにか続いている。息をのむほど美しい竹籠を編む。これも感覚と指を落とす覚悟があればできるので続いている。ギターの弾き語り。指が思ったように動かない、煙草の吸いすぎで肺気腫になり声が続かないので、一人でこそこそ愉しむところまでだろう。でもまだステージに立つ夢は捨ててない。わくわくする感覚、気分が高揚する感覚は、人が何かに向かって立った時に湧き上がってくると思う。現実的な人なら目標、私のように妄想の強い人は、夢。設計士が、瀬戸大橋を思い描いて白い設計図の前に立つ、想像しただけで興奮する。幸いにも私は、次から次へとやりたいことが出てくる。今は、この書いている物を、一冊の本にまとめることだ。まさに「夢がかなうまでは、ボロボロになってもいきてやる」だ。

元気をもらわんと
頑張れんようになった
元気をくだせえ

2024.6.11. そじん

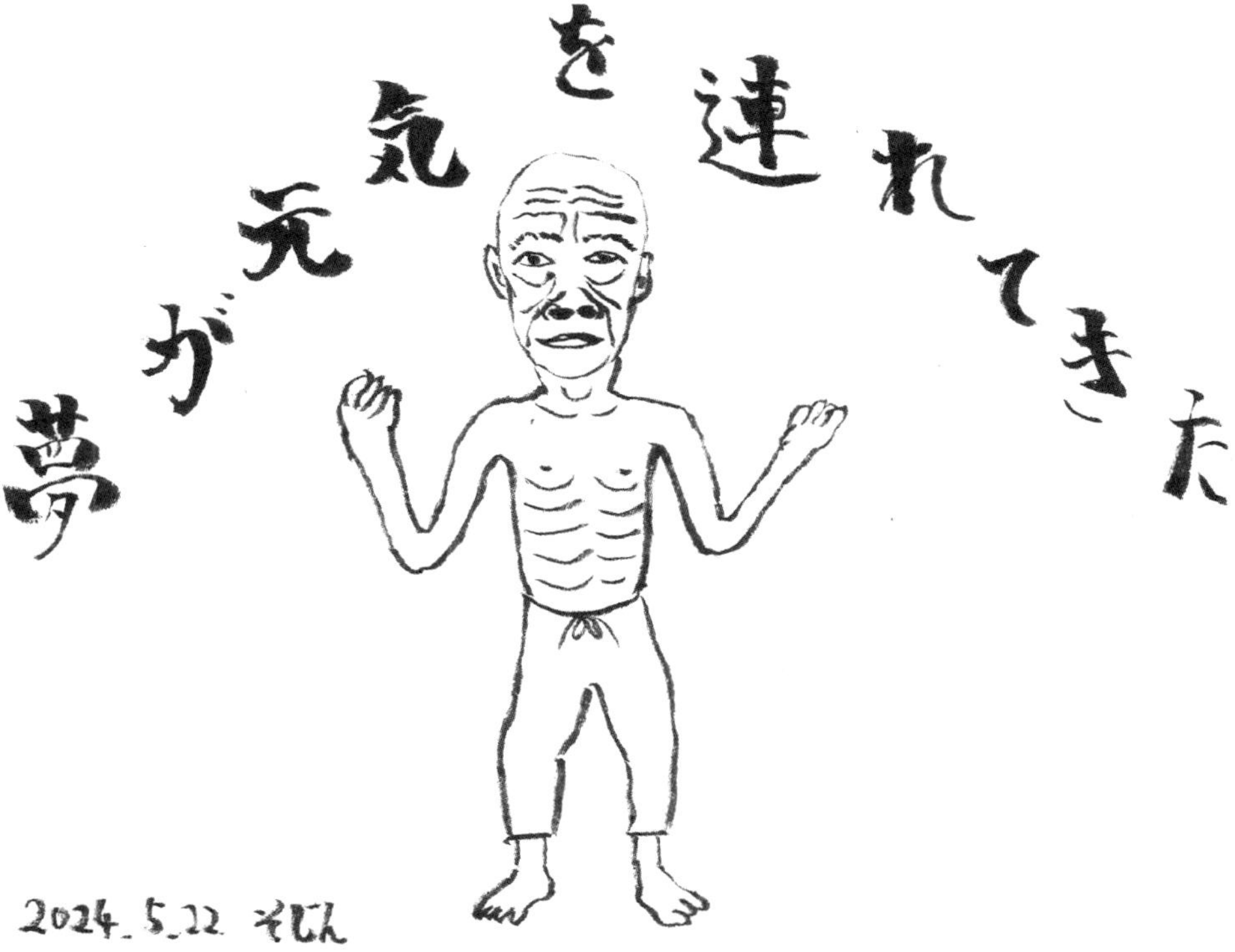
夢が元気を連れてきた
2024.5.22 そじん

酒と煙草

酒を呑み煙草を吸って半世紀、語る資格はあるだろう。バンカラな大学の寮で過ごしたので酒と煙草はすぐ覚えた。寮に入ったその夜に一升瓶を持った先輩に連れられて、お寺の境内で呑まされた。同室の者は煙草を吸っていた。真面目を絵にかいたような高校だったし、自分も真面目だったので、酒も煙草も全く経験がなかった。おっさんのような先輩の話を聞きながら、居酒屋で煙草を吸いながら酒を呑むという、大人の男の世界の虜になるのに時間はかからなかった。当時は居酒屋はもちろん、食堂、喫茶店、どこでもアルミ製の煙草盆がおいてあった。パチンコ台には煙草盆がついていたし、汽車もバスも座席の前か横についていた。テレビで流れる将棋や囲碁の棋戦でも堂々と煙草を吸っていた。升田幸三や真部一男は絵になった。太宰治の写真は大抵煙草を指に挟んで肘をついていた。覚醒剤を注射するところは、悲哀を感じるが、煙草を吸う姿は、美を感じることもある。私の感覚に、良いものは美しいというのがある。今や、煙草は悪者指定で、孤

朝　這うように起きる
もう永くないかなと思う
昼　畑に出る
もうちょっと大丈夫と思う
夜　酒を飲む
まだまだ大丈夫と思う

2024.5.16　そじん

立無援、一人くらいは味方になってやりたい。九十歳ぐらいで、テレビのインタビューを受けて、煙草を吸うところを流したい。新たな夢だ。

酒を美味いと思いだしたのはこの二十年ぐらいで、それまでは汗をかいた後のビールが美味かったぐらいだ。ただ酒の席は大好きで、気の合ったものとわいわいするのも、二人でしんみり呑むのも、一人でカウンターに座って呑むのもよかった。酒を美味しいと思い出してからは、もっぱら家で呑み、晩のおかずと気分に合わせて、日本酒、焼酎、ウイスキー、ワインとなんでもいける。他人に言えない酒の失敗もあるが、酔ってない時の失敗も沢山あるので、酒を悪者にしてはいけない。酒を呑むと、生きている間に心に張り付いた常識、重荷、不安、後悔などが一枚ずつはがれていく感覚がある。素の自分と出会える。たぶん素の自分は明るくて人好きなのだと思う。酔うと平気で他所の宴会に入り込んで話し込んだりする。

もっとも、酔いがさめると、あほなことをしたと後悔するのだが。親爺は酒も好きで、ベッドに寝たまま点滴を打ちながら、ストローで呑んでいた。もっとも酒をついでストローを挿したのは、私だ。

シルカー
天気ニ ナリタイ
2024.5.9 そじん

美について

近くに大原美術館がある所に住んでいる。知人が来た時には、連れていき一緒に鑑賞するが、感動したことがない。他の美術館でも同様だ。陶磁器も彫刻も現代アートも感動したことがない。これらの美といわれる物が分かり感動できれば、人生をもっと深く愉しめるはずだがしかたがない。美術館で画家の巨匠が、自分の絵の説明をしている時も、隣に立っていた助手の女性の方が美しくそちらばかり見ていた。

こんな私が美について語るのは、こういう絵を描きはじめて、芸術家に仲間入りしたからだ。もともと風貌は芸術家のようで、いろんなところで芸術家の先生ですかと聞かれる。先日、喫煙所で聞かれた時には、「土ばあ、いじっとりますす」と九州弁で答えた。「陶芸家ですか」「百姓です」。以前皮膚糸状菌の研究をしている九州の先生が、「カビばあ、いじっとります」と言われたのが、かっこよかったので、時々使わせてもらっている。

綺麗、美しいと感じる一番は、世の男性と同じく女性で、本能の美と分類している。腹がへっている時の、霜降りの牛肉、翡翠豆、懐石料理も本能の美だろう。自然の美はおそらく多くの人に共通で、虹、夕焼け空、霧、等だろう。時間の創る美は、古い建築物、建造物、大木、等だろう。特に、田舎で、山に帰りつつある古民家などを見ると「おー」と唸ってしまう。こう書いてみると、私が感じる美は極一般的で、いわゆる芸術といわれるものの美は分かってないようだ。絵画の前から一歩も動けないというような、かっこいい感性を持てる日が来るだろうか。よく、其の人を理解できないのは、その人のレベルに達してないからだといわれるが、芸術も同じだろう。いつまでも分からなければ、芸術は思い込みの美と分類しよう。

理想の生活

朝は身体が目覚めるまで、ラジオでも聞きながら、布団の中で過ごし、味噌汁、沢庵、目刺しの朝食をとり、腹一杯で眠くなれば、小鳥のさえずりと竹藪をとおる風の音を聞きながら、もう一度布団の中でまどろむ。やおら起きだして、軽く身体を動かしながら腰籠をつけ、鍬をかついで畑に向かう。今日食べる野菜のめぼしをつけながら、少し世話をする。編みかけの竹籠に手を出し、陽の当たる部屋で好きな歌を聴きながら、疲れるまで編む。朝の味噌汁の残りにご飯を入れておじやを食べる。腹が太って眠くなれば、ごろっと横になって昼寝をする。気分次第で、ギターの練習をするか、絵を描くか、散歩に出るか。ざぶっと風呂に入り、七厘に炭をおこし、椎茸でも焼きながら、酒の燗を始める。少しずつ呑みながら、読みかけの本を開く。炭のパチリパチリという音を聞きながら、眠くなるまで呑み続ける。心が軽くなり、頭がボーとしてきたら眠りにつく。

炭のパチリパチリという音を聞きながら、寝くなるまで飲み続ける。心が軽くなり頭がボーとしてきたら寝りにつく。

人生訓

長く生きてきたので、そして自分なりに充実した日々を送れたと思うので、若い人たちに伝われば嬉しいのだが。私は小心者だし、人づきあいも苦手だが、やってみたいことが出来たときには、まずそのことが、他人の迷惑にならないか、何か問題が起こった時に自分で責任をとれるか、を考える。それから飛び込む。まさに飛び込む。子供が剣道をやっていた。試合を見ると自分ができないのに、口だけ出しそうになった。自分もやるべきだと思い、仕事の都合で時間の取れる中学生の練習に参加した。お願いをした先生も驚いておられたが、許可を頂いた。道が開けた。新しい世界だったのでいろんな人との出会いもあった。めちゃくちゃに強くなる妄想はあったが、実際には強くはなれなかったが、常に相手の正面に立つこと、小技は必要なく単純に強く、早く、正確に打つことなど、生き方そのものを学んだ。高校時代にやった柔道では、小手先の技ばかり考えていたが、単純に引手、押手、足腰を鍛えればよかった。弱い人には通じても強い人には歯が立たなかった。人生に上手投げは必要なく、相手をがっちり掴んで押し出しでよい。単純でよい。還暦前に入った大学院の先生も、竹籠職人の先生も飛び込みに答えてくださった。教えを乞うて断られた経験はない。

精神的に辛い時期があった。まあ私のばあいは、複雑な精神の持ち主で深刻に考え込むほうなので、落ち込みはしょっちゅうだったが。落ち込みていどは時間がたいてい解決してくれる。この時は仏教関係の本を読んだり、歩き遍路の真似事をしたりした。新聞に出ていた荒れた番外札所の記事をみて、一日草刈りをしに四国へ渡ったこともある。宿泊した遍路宿で偶然高名な陽明学を修めた方にあったりもした。仏様を近くに感じたこともあった。聖書の一節らしいが、何かの本で読んだ『他者は常に許すも、汝自身は許すなかれ』という言葉が身体にぴったりきた。問題ごとの全ては自分から発している、自分のどこかに原因がある、と解釈している。相手に問題があったとしても、それを許せない自分を許すな、ともいえる。

最近は神も仏も遠くなり、お墓参りも遠くなった。

このおっさん
恥づかしいということを
知らんのか

知らん
一歩踏みださんと
なんも始まらん

そじん
2024.5.21

つらい涙は
神や仏が
近くなる
これもまたよし

2024.5.7 そじん

先にも書いたが私は、小心物で心が汚いので、ねたみ、そねみが強かった。特に同業者の駐車場に車がたくさんあったりすると、ねたみ心が出てきた。そんな小さな自分が情けなくてしかたがなかった。今は薄れてはきたが乗り越えたわけではなく、年を取って欲が減っただけだ。嫉妬や傲慢、猜疑心のような心の問題は心のトレーニングで消し去ることができるのでは思っている。これも生きている間の宿題だ。よく仏教では空という言葉が使われるが、心を刺激するものから逃げなくてはいけない。私は人の間、人間の心はいろんなもので満たされてよいと思う。嫉妬をしなくてもすむように、それを頑張る活力に変換することが大切なように思う。

　私は古い石垣や古民家、苔むした庭など時間でしか作れない美しいものが好きだ。ドライブも田舎の里山を走るのが好きだ。時間が作る、田んぼ、竹林、小川道、そして古民家の絶妙の配置。肉体は寝ている間に免疫担当細胞、掃除を担当する細胞が、修復するらしい。脳の異常に活性化した細胞も鎮めるのではなかろうか。肉体も脳も睡眠という時間にゆだねるしかない。

私は欲深く、しかも妄想が激しいので、やりたいと思ったことが止められない。やり始めると妄想が膨らんで、そこまでたどり着こうと必死になる。そんなものをいくつも抱えている。山奥の一反の畑も妄想では、様々な野菜が育ち、周囲の野山と調和して美しい景色を作り出している。現実は、無肥料、無農薬、不耕起なので、草の中に細々とじゃが芋が育ち、野生化した牛蒡が巨大な茎を伸ばしている。もうすぐ食べられるかと思ったトウモロコシは、猿か猪に荒らされた。この畑も手を入れず山にかえせば、握っているものが一つ減るのだが。想像してみて欲しい。山の中の畑で、何時間か誰とも話をせず、渓流の音を聞きながら、汗ばんだ身体に柔らかな風を受ける。百年前かそれ以上前か、お百姓さんが鍬で耕したか、牛に働いてもらったか、どんな生活をしていたのか、一緒に農作業をしている感覚さえある。十年前には想像さえしなかった夢のような時間なのだ。この周りの田んぼや畑はもう山に帰った。この国やこの国の人々は正しい方向に向かっているのだろうか。

ねたみそねみは
こころで
燃やして

活力に
変えればいい
そうすれば
消えてなくなる

2024.6.11 そじん

腹が立った時や
心配事がある時は
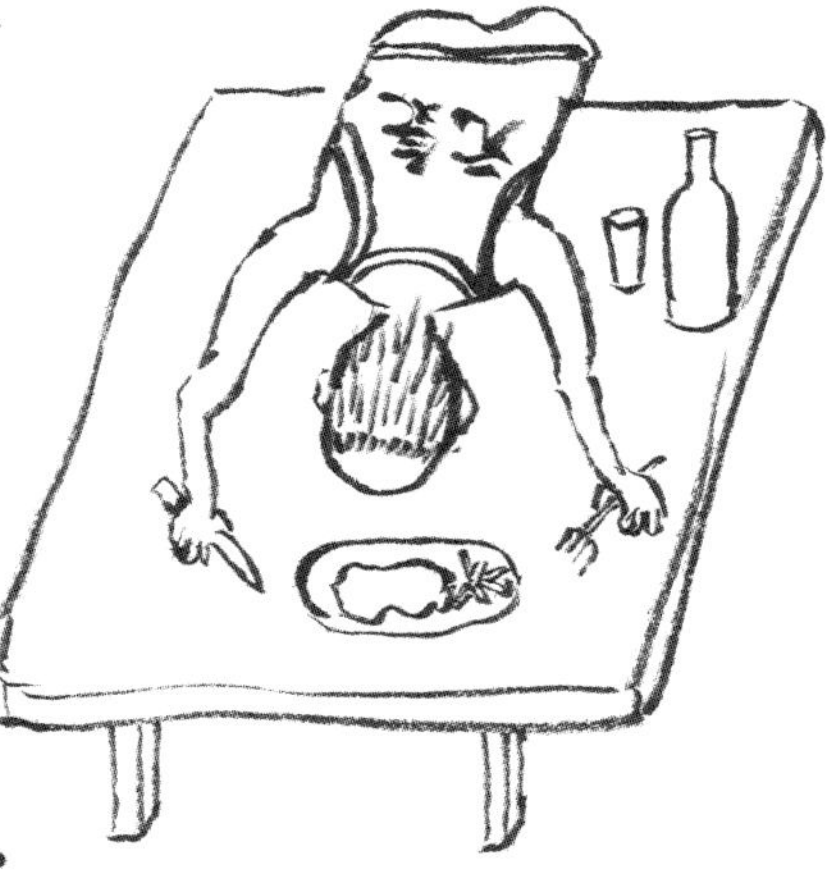
とにかく食べて飲んで
一晩 寝る
2024.5.13 そじん

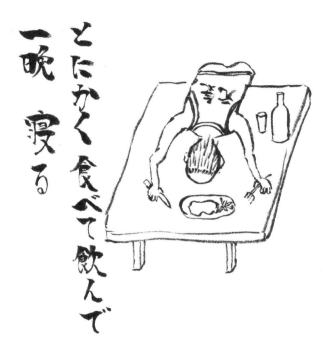

握っているモノを

放せば

楽になる

2024.1.5 そじん

孫が小さかった頃、「どんな人になりたい？」と聞いたら、「幸せな人」と答えた。「幸せ？」「心がきれいなこと」。誰かからの聞き覚えとは思うが、やっとしゃべり始めた口から出た言葉に胸を打たれた。確かに他人の幸福を心から喜べ、人を疑うことを知らず、人の失敗や過ちを責めず、そんな心が持てたら穏やかに生きられるだろう。一生懸命頑張れば頑張るほど、イライラの毎日だったので、考えさせられた。真剣に生きている人は、明るく軽いらしい。深刻に生きている人は暗く重い。

本職を含めて、いろんなことに挑戦してきたが、体力も知力も人並みなので、根気よく頑張ることが身についている。小学生の時には走ることには自信があったが、中学では人並みになっていた。小学校の高学年では、自分より早く応用問題が解ける子が大勢いた。だからわりとはやくから自分の能力を分かっていた。中学、高校とスポーツをしたが、キャプテンにはなれなかった。格好良くしたい、なりたいタイプの人間なので、陰で努力するのがあたりまえだった。欲望を努力す

どんなひとに
なりたい
幸せなひと
幸せ
心が
きれいなこと

2024.6.21 そじん

る活力に変えたのだ。小さな欲望は捨てろとよく言われるが、欲があるから頑張れる。欲を満たす方法が汚くなければよいと思う。性格が素直でないので、簡単に言えば可愛くないので、誰も指導したい、教えたいという気にならなかったと思う。

自分で考え、試行錯誤で前に進むしかなかった。一歩一歩進むうちに、ここはこうすればよかった、今度はこうしてみよう、という気づきが出てくる。自分で道を開かねばならない。可愛くない人間は、陰で頑張っているのよ。

生き様

渡辺和子さんの『置かれた場所で咲きなさい』という言葉が、頭の中に残っていた。人が咲くということ、花開くということは、何かを成す、結果を出すということだと思い込んでいた。人は何かを成さねば、結果を出さねば、成功せねばと。獣医さんになりたい、その為に受験勉強、国家試験、一流の臨床医になりたいと修行時代、病院を建てたいと必死に働く、大きくしたいと休まない。ずっと肩に力がはいり、むつかしい顔をして生きてきた。

子供の頃からアリとキリギリスの話、亀と兎の話、少し大きくなって偉い人の伝記を読む。

そうやって心がつくられてきたのだろうか。夢や目標があったから向かっていく方向がみえたし、毎日の生活にはりがあった。正しかったのか、失ったものはなんだったか、周りの人たちを傷つけなかったか、そして何かを成したのか。漫画のような絵を描きながら自分との対話が増えていった。少なくとも、自分の周

コツコツ
歩き続ければ
必ず灯りがみえてくる
ひと皮むけたという
どこの皮か
知らんけど

2024.2.5　そじん

りの空間はけっして心地よいものではなかったろう。人生の終着点が近くなり、そこまでを大切にしたい。今更ながらだが、もう一度生き様を考え笑顔の最後を迎えたい。人生を山の形に例えると、富士山が理想だろう。裾野は広く、つまり長生きをして、ゆっくりと高い所へたどりつき、品格、優美、厳しさをそなえ、誰からも愛される。人にはそこまで行かなければ見えない景色があると思う。課長には課長の景色、社長には社長の景色、大関には大関の景色、名人には名人の、どんな職業でも高い所まで行かないと見えてこない世界があると思う。そこにたどり着くまでの、またそこで責任を果たすための努力、精進、根性、人を育て指導するため、更なる高みを目指すための勉強。

もちろん才能も必要だろう。それらが創り出した景色、その世界に溶け込んで人ができあがるのではないだろうか。優秀だった友人は若くしてこの世を去った。小さな山しか築けなかったが、病の中で彼にしか見えない景色を見たことと思う。生き甲斐がないと嘆く人を、もっと生きたいと願う人からみればなんと贅沢な話だろう。

息子からみた親爺は高い山ではなかったと思うが、戦争に行き生死の極限を経験し、丁稚奉公から子供三人を育てるために働き続けた。年下の者が上役についた。老いてからはほとんどを病院のベッドで過ごした。泣き言は聞いたことがない。今まで親爺は酒に負けた人と思っていた。高い所を目指しているようにはみえなかった。耐え続けた人生だったと思う。そんな親爺が好きだ。

義理の兄は若い時から引きこもりで働いたことがない。買い物以外は外に出ず、テレビを見て一日を過ごしていた。今は高齢者施設で生きている。生活しているのではない。先日体調を崩した時、施設の人は「この状態で生かしますか」というようなことを言われた。そんな状態だが生きている。平坦な低い山で存在さえ明らかでないようだ。それでも老妻が「もうちょっと頑張る?」と聞いたら「頑張る」と答えたそうだ。本人は弱い体で頑張って生きてきたと思っているのだろう。終着点は皆一緒だ。何を成したか、花開いたかは人生の付録みたいなものだろう。だがこの世に生まれた以上、一歩でも高く、一歩でも長く歩くべきだろう。

老妻が言うには『あんたの山はトゲトゲして他人を傷つける山だ』。永く一緒に生きてきてずいぶん傷ついたのだろう。さすがに的確な表現だ。だから誰も登ってこない。時に物好きな人が迷い込む程度だ。仕事を辞めたら一緒に遊びたいと

ポコッと産まれただけなのに
齢を重ねると
何のために　産まれたか
とか
何を成した
かとか
ポコッと産まれただけなのに

2024.4.3　そびん

思っていた人たちは、次々と鬼籍に入っていった。私のトゲトゲしてない山道を知っていた人たちだった。そうだ、彼らのためにもう少し生きよう。心の通う人がいないのは寂しい。下り坂も寂しい。今度は肩の力を抜いてゆっくりした上り坂で、景色のいい、楽しい道にして道連れを探そう。

最近のほっこり絵

描きはじめて一年ちかくなった。まだまだ拙いことは分かっているが、残りの計算がいる歳になってしまったのと、恥ずかしいことを知らないのでまとめてみた。

すべてを
喜びに
どこかに
変換キーが
あるはずだ

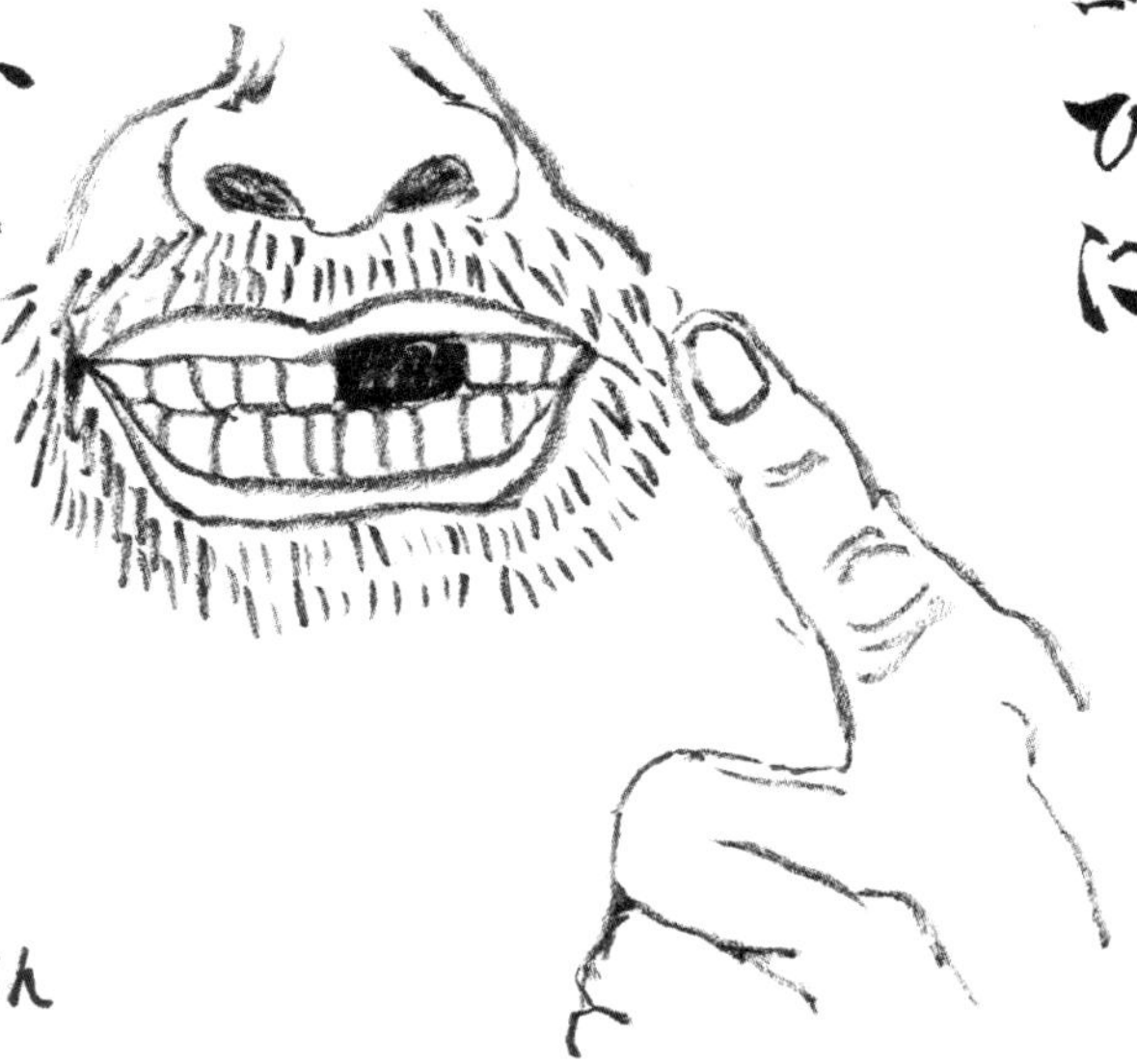

2024.3.16 そじん

、、、の為に
生まれてきた
そう言えるヒトに
なりたかった

2024.4.3 そじん

悪妻は
良妻を兼ねる

2024.4.5 そじん

あの枝が じゃまで
陽が当たらないと
彼女は
悩んで
いるだろうか

2024.4.9 そびん

置かれた場所で
咲きなさい　という言葉は
精一杯
生きなさい　ということで

咲けない事もあるよね

2024.4.19　そじん

ヒトが花開くとは
生きることと
みつけたり

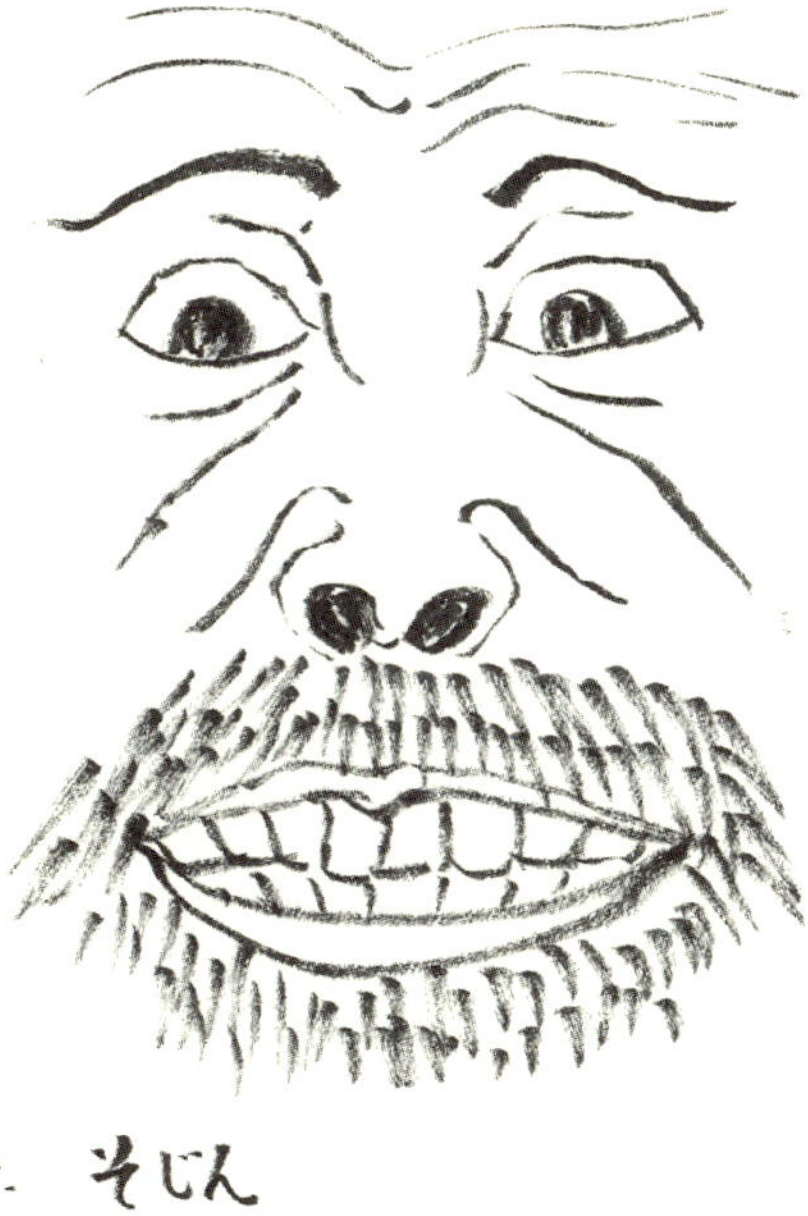

2024.4.26. そじん

我が心よ
もう そろそろ
大きくなれよ
強くなれよ

2024.4.26 そじん

鬼籍に入った友たちよ
歩ける 動ける 幸せを
かみしめているよ

2024.5.12. そじん

叶わなくてもよいが
夢はいる

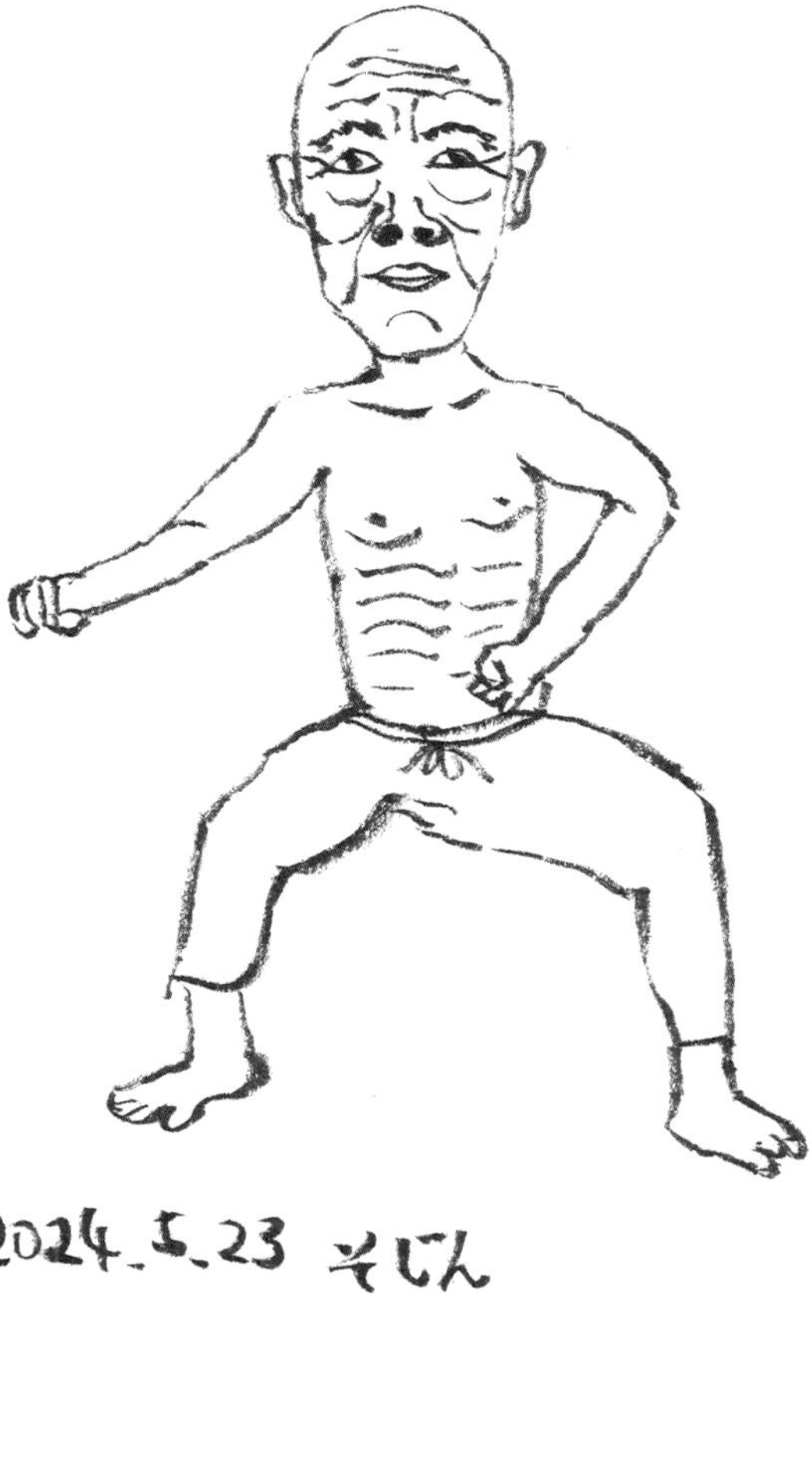

2024.5.23 そじん

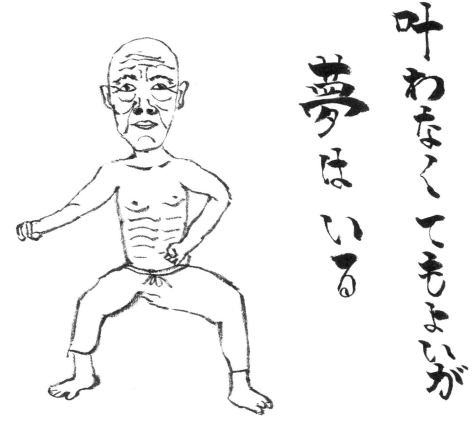

おわりに

一日中降り続いた雨が、翌日の朝にはカラッと晴れて、キラキラ輝く青空に。正に爽快。人の気分は天気に左右されるが、会った人にも左右される。穏やかな笑顔、落ち着いた物腰、心地よい話し声。残念ながら自分は程遠い。突然描き始めた自画像におかしいほど愛着がわくのは、このほっこり感を自分に求めていたからだろう。爽快には程遠いが、他人と会った時に、思わずにっこりしてくれるような人になりたかった。どうしてこんなに求めたものと離れてしまったのだろう。『石の上にも三年』『己を捨て、他を利するは慈悲の極みなり』『一隅を照らす人になろう』、言葉の持つ力にどれだけ助けられて生きてきただろうか。言葉の文化をもっと楽しみたい。絵手紙、漫画、詩画、画文、呼び名はなんでも構わない。紙と筆一本で楽しめる世界があることを伝えたい。夢みる老人が、一言で元気になるような言葉が浮かんでくることを、夢みて。

何の為に生まれたかは
人類の余裕

何を成したかは
人生の付録

2024.4.6　そじん

著者紹介

田中真直（たなか・まなお）

1952年広島県生まれ。山口大学獣医学科卒業、1978年岡山県倉敷市玉島に田中犬猫病院を開設。

2016年岡山県矢掛町で古民家を購入し、農業や竹籠づくりを始める。

2023年から絵を描き始める。

まだ、夢を見続ける

2024年10月23日　発行

著者　田中真直

発行　吉備人出版

〒700-0823 岡山市北区丸の内2丁目11-22

電話 086-235-3456　ファクス 086-234-3210

ウェブサイト www.kibito.co.jp

メール books@kibito.co.jp

印刷　株式会社三門印刷所

製本　日宝綜合製本株式会社

ISBN978-4-86069-753-2　C0095

大同小異
2023.12.1

編みかけの竹籠に手を出し陽のあたる部で、好きな歌をさ聞きながら、疲れるまで編む。朝の味噌汁の残りに御飯を入れておじやを食べる。腹がふとって寝くなれば、ゴロッと横になって昼寝する。気分しだい